CURIG a'r MORLO

GARETH F. WILLIAMS

DARLUNIAU GAN SIÔN MORRIS

Gwasg
Gwynedd

Mae'r haul yn disgleirio,
Mae o hefyd yn sgleinio,
Heb sôn am dywynnu, pelydru a gwenu.

Mae'r haul yn . . . wel, wir!
Beth allaf ei ddweud?
Mae'r haul yn gwneud popeth
Y dylai haul wneud.

Ar fore fel heddiw
Ar gychwyn yr haf,
Mae pobman yn edrych
Mor hyfryd a braf;
Y traethau a'r tonnau,
Y creigiau a'r glannau . . .

. . . a hyd yn oed hwn – y maes carafannau.

Ac yma, mewn un garafán fach dwt,
Mae bachgen o'r enw Curig.
(Dydi *o* ddim eto yn gwybod, wrth gwrs,
Ond mae heddiw yn ddiwrnod arbennig.)

'Hip-hip-hwrê! Dyma ni ar ein gwyliau!'
Gwaeddodd wrth neidio o'i wely.
Ond, yn wahanol i'r haul, nid yw ei rieni
Yn teimlo fel sgleinio, disgleirio na gwenu.

'Wyt ti'n gall? Cer yn ôl yn *syth* i dy wely!'
Dwrdiodd ei fam, gyda'i gwallt dros y lle
A'i llygaid yn edrych fel dwn i ddim be.
'Mae'n rhy gynnar i feddwl am godi!'

'Be sy . . .? Be sy'n digwydd?'
Meddai Dad, wedi ffwndro,
Heb wybod yn iawn
Os oedd o'n breuddwydio.

'Chwech o'r gloch? *Chwech o'r gloch*?!
Mae hi'n anodd ddifrifol
Fel arfer dy godi
Ar gyfer yr ysgol!'

Edrychai ei dad fel rhywun cynddeiriog,
Yn union fel dyn gwyllt o'r coed,
Yn enwedig ar ôl iddo ollwng yn glep
Gloc larwm go drwm ar ei droed.

Wrth fynd allan reit sydyn o'r garafán,
Crafu ei ben yr oedd Curig.
'Dwi'n methu yn glir â deall pam
Fod yn well o lawer gan Dad a Mam
Aros dan do
Yn lle dod am dro
Ar fore mor fendigedig.'

Ond pan welodd o'r môr
Yn las fel pwll nofio
A'r tywod yn wyn ym mhob man,
Ni fu Curig yn hir
Cyn dechrau anghofio
Bob dim am y garafán.

'Hwrê!' bloeddiodd eto,
'Hwrê!' dros y lle,
Gan ddychryn dwy wylan
A ddigwyddai hedfan
Reit uwch ei ben pan waeddodd 'Hwrê!'

A gwibiodd Curig yn syth fel saeth
I lawr y llwybr nes dod i'r traeth.

Roedd y traeth yn wag ond yn teimlo'n FAWR,
A theimlai Curig yn fach fach yn awr.

'Does neb i'w weld yn unman,
Y fi ydi'r unig un,
Mor wych ydi cael y cyfan
I gyd i mi fy hun!

Dwi'n edrych ymlaen at gael tynnu f'esgidiau,
Dwi'n edrych ymlaen at gael tynnu fy sanau,
A rhowlio fy nhrowsus, dros fy mhengliniau
Er mwyn chwarae mig fel ci bach efo'r tonnau.'

Ond . . .
(Oes, mae 'na wastad ryw 'ond'),
Pan gyrhaeddodd y tywod,
Arhosodd . . .

Yn . . .

STOND!

Yn hytrach na thraeth oedd yn felyn a diogel,
Edrychai'n debycach i hen domen sbwriel!

Tuniau a chaniau
A chaniau a thuniau,
Hen grwyn orenau
A chrystiau brechdanau.
Papurau sglodion
A bagiau creision.

A choed wedi'u llosgi yn ddu eu lliw
Lle roedd rhywun, mae'n amlwg, 'di cael barbeciw.

Ac am y poteli! Wel, wyddoch chi be?
Roedd yna boteli ym mhobman 'r hyd y lle –
Rhai plastig, rhai gwydr,
Rhai glân a rhai budr,
Rhai'n hanner gwag a rhai'n hanner llawn,
A rhai wedi'u torri yn deilchion go iawn.

Roedd hynny'n golygu, fel rydych yn gwybod,
Fod darnau o wydr yn llechu'n y tywod,
Yn disgwyl eu cyfle i rwygo eich traed
A throi'r tywod melyn
Yn goch efo gwaed.

'Mae hyn yn ofnadwy!' ochneidiodd Curig.
Roedd y traeth oedd i fod mor fendigedig
Yn edrych yn awr yn felltigedig.

Aeth at y creigiau
Ym mhen pella'r traeth,
Ond roedd y llanast yno
Os rhywbeth yn waeth!

Rhagor o fetel, o bapur a phlastig,
I gyd dros ei gilydd, fel drain yn y goedwig.

Ac yna – Wps!
Daeth yn agos at faglu
Dros dun lemonêd oedd bron iawn yn llawn;
'Dwi wedi cael digon,'
Meddai'n hollol ddigalon.
'Dydi hyn ddim i fod! Dydi hyn ddim . . .
Yn . . .
IAWN!'

A chyda'r holl nerth oedd ganddo'n ei goesau,
Ciciodd y tun i ganol y tonnau.

'Awww!'
Roedd ei droed ar ôl hynny
Yn brifo go iawn:
Roedd o wedi anghofio
Fod y tun bron yn llawn.

Ac yna, wrth iddo ddechrau troi,
Mi glywodd o lais yn gweiddi, '**HOI!**'

Doedd neb yn unman
Ar gyfyl y traeth.
Pwy oedd biau'r llais,
Ac o ble y daeth?

Edrychodd dros y creigiau
A'r twyni fesul un;
'Dwi'n dechrau clywed pethau, dwch?'
Meddai Curig wrtho'i hun.

Ond unwaith eto, wrth iddo droi,
Mi glywodd o'r llais yn galw, '**HOI!**'

Ac erbyn rŵan roedd o'n teimlo'n siŵr
Fod y llais wedi dod o gyfeiriad . . . y dŵr!

Yno roedd morlo yn rhwbio ei dalcen
Ac yn edrych yn biwis ddychrynllyd.
'Rhaid i mi orwedd i lawr!' meddai Curig yn syn,
'Rŵan, dwi'n GWELD pethau hefyd!'

'Hei!' meddai'r morlo. 'Paid ti â ffoi,'
Pan welodd fod Curig yn dechrau troi.
'Mae gen i rywbeth i'w ddweud wrthot ti,
Felly aros a gwranda di arna i!'

. . . A dechreuodd bregethu,
A chega a thraethu,
A'i dweud hi'n ofnadwy
Am bobol a phlant
Oedd yn baeddu'r holl draethau
A'r moroedd a'r creigiau,
Roedd yn ddigon – oedd, weithiau –
I wylltio pob sant!

Roedd Curig yn sefyll drwy hyn i gyd
A'i geg yn llydan agorad;
Welodd o rioed ffasiwn beth yn ei ddydd
Â morlo oedd yn gallu siarad!

Ac yna chwarddodd. Doedd ganddo ddim dewis,
Pan ddechreuodd y morlo regi'n biwis.

'Pam wyt ti'n chwerthin?' gofynnodd y morlo,
A brysiodd Curig i geisio esbonio.

'Dydi hyn ddim yn digwydd bob dydd,
chwarae teg,
Gweld morlo'n pregethu – ag ambell i reg!'

'Wel, na,' meddai'r morlo.
'Mae hynny yn siŵr,
Ond alla i ddim peidio
Â dechrau melltithio,
O'th weld di yn lluchio ysbwriel i'r dŵr.'

'Mae'n ddrwg gen i am hynna, ond wedi gwylltio
Yr o'n i,' meddai Curig.
Ac meddai'r morlo, 'rôl deall pam,
'Hmmm – rwyt ti'n foi go arbennig.'

Ysgwyd asgell
Ac ysgwyd llaw:
Ffrindiau rŵan,
Dim ots be ddaw!

'Hoffet ti ddod,' meddai'r morlo yn awr,
'Am dro o dan y tonnau?
Cei weld lle dwi a fy nheulu yn byw,
A chyfarfod â rhai o fy ffrindiau.'

Ar fin neidio i mewn ar frys yr oedd Curig
Pan gofiodd am rywbeth hynod o bwysig!

'Hoffwn fod
Yn gallu dod,
Ond dwi ddim yn gallu nofio!'

'Wel, dwi ddim yn un am frolio,
Ond y gwir amdani,' meddai'r morlo,
'Yw fy mod i'n forlo hud,
Un o 'chydig drwy'r holl fyd.

Dal di dy afael ynof i
A byddi fel pysgodyn
Yn nofio'n rhydd drwy donnau'r lli
Fel fflach o arian sydyn.'

Hmmm . . .
Doedd Curig ddim yn hollol siŵr,
Ond cyn pen dim roedd yn y dŵr!

Wir i chi – mae hyn yn efengyl –
Ar gefn y morlo, fel cowboi ar geffyl.
I lawr â nhw, drwy'r tonnau gwyrdd
I fyd o ryfeddodau fyrdd.

Pysgod o bob lliw a llun
Yn gwibio heibio'i wyneb,
Pob un yn gofyn, 'Howdidŵ?'
A mynd heb ddisgwyl ateb.

Daeth criw o forloi eraill
I nofio gyda hwy,
Tri neu bedwar neu bump neu chwech
Neu saith – neu hyd 'n oed mwy!

25

'Mae hyn mor cŵl!' meddai Curig dan wenu,
'Mae hyn yn ardderchog a gwych;
Yn well na'r rhaglenni
Sydd ar y teledu,
A llawer iawn gwell na'r tir sych!'

'Paid ti â sôn am dir sych wrthon ni!'
Meddai'r morloi, i gyd yn un côr.
'Mae hwnnw yn tshampion, yn iawn yn ei le –
Ond nid ei le yw gwaelodion y môr!'

'Dwi ddim yn eich dallt,' meddai Curig.
'Dwi ddim yn eich dallt chi o gwbwl.'

'Amynedd, hogyn,' meddai ei ffrind.
'Gei di weld rŵan be dwi yn ei feddwl.'

Ac i lawr â nhw at wely'r môr,
Curig a'i ffrindiau newydd,
Lle does dim smic na siw na miw,
Dim ond tawelwch llonydd.

'Edrych,' meddai'r morlo. 'Wyt ti'n deall yn awr?'
A rhythodd Curig a'i lygaid yn fawr.

'Trolis siopau yn pydru,
Fframiau beics wedi rhydu,
Tomennydd o duniau,
Poteli di-ri,
Gormod o lawer i'w rhestru i ti.'

'Ro'n i'n meddwl mai tomen
ysbwriel yw'r traeth,
Ond mae hyn,' meddai Curig,
'Yn llawer iawn gwaeth!
Yn union fel tomenni ysbwriel y trefi
Ond heb lygod mawr na gwylanod na drewi.'

'Wel,' meddai'r morlo, 'wyddost ti be?
Rwyt ti, yr hen hogyn, yn llygad dy le!
Ond dim ond rhan fechan o'r cwbwl yw hyn –
Pan weli di'r cyfan, mi fyddi di'n syn!'

Stori ddigalon
I dorri eich calon
Oedd gan y morloi i'w dweud,
Am blant ac am bobol
A'r pethau difrifol
Y maen nhw yn mynnu eu gwneud.

Mae'r glannau i gyd
Ym mhobman drwy'r byd
Bron iawn wedi troi yn anialwch.
Cyn hir fydd dim byd
Hyd y glannau i gyd
Ond dyfroedd yn llawn o dawelwch.

Ych a fi!
Dim byd yn y lli,
Dim byd – dim byd ond ysbwriel.

Bydd pob un bwystfil
Fel morlo a morfil
Cyn hir wedi mynd ar ei hynt,
A bydd yr holl adar
A'u canu a'u clochdar
I gyd wedi mynd efo'r gwynt.

Dim byd ar y traethau,
Dim byd hyd y glannau,
Dim byd ond tomennydd o rwbel.

I fyny â nhw i'r wyneb eu dau
Am ychydig o awyr iach.
Mae y tir o'r fan yma, meddyliodd Curig,
Yn edrych yn bell ac yn fach!

Meddai morlo bach arall,
'Dwi am i ti ddeall
Nad sbwriel yn unig
Sy'n ein gwneud ni yn ffyrnig.
Gwranda ar hyn, wnei di, Curig:

Wrthi'n pendwmpian yr o'n i un dydd
Yn gysglyd oherwydd y gwres
Pan glywais i'r twrw rhyfeddaf erioed
Yn dŵad yn nes ac yn nes.

Fel miloedd o wenyn meirch milain
Yn gwibio dros wyneb y lli.
Codais fy mhen i gael edrych yn well,
A wyddost ti be welais i?

Rhyw snichyn anghynnes ei olwg
Yn rhuthro yn hollol ddi-hid
Ar gefn peiriant *jet ski*, fel bwled,
Ac yn dŵad amdanaf – ffwl sbid!

Diolch i'r nefoedd fy mod i'n o lew
Am symud yn sydyn drwy'r dŵr:
Oherwydd, pe bawn i yn forlo bach tew,
Mi faswn i'n gelain, dwi'n siŵr.'

Yna'n sydyn, o'r pellter, clywodd Curig sŵn '**OOO!**'
Fel rhywun mewn poen nes bron mynd o'i go.

'Dowch!' meddai'r morlo,
'Dowch yn sydyn, wir,
Mae rhywun mewn trwbwl,
Mae hynny yn glir!'

Dros y tonnau
O grib i grib,
Dros y tonnau
Fel seren wib.

Dros y tonnau
A'r gwynt yn ei wallt,
Wrth asgell y morlo
Dros y tonnau hallt.

'Gafael yn dynn,' meddai'r morlo wrth Curig,
'I lawr yn ddwfn â ni,
Yn isel o dan yr wyneb
I wely oer y lli.'

'**OOOOO!**' gwaeddai'r llais.
Roedd o'n cryfhau,
I'w glywed yn uwch
Wrth iddynt nesáu.

Ac yno yn gorwedd ar wely y môr,
Yn amlwg mewn dipyn o drafferth,
Roedd y pysgodyn mwyaf welodd Curig erioed.
Doedd hwn ddim yn FAWR – roedd yn

ANFERTH!

'Welais i rioed bysgodyn mor fawr!
Tasa hwn yn berson – mi fasa fo'n gawr!'

Trodd at y morlo a gofyn, 'Be ydi o?'
'Siarc ydi hwn,' oedd yr ateb –
'Siarc heulo.'

Tra oedd o allan yn chwilio am fwyd,
Roedd y siarc wedi nofio i ganol hen rwyd.

Roedd y rhwyd wedi clymu amdano yn dynn,
Gan rwystro'r pysgodyn rhag nofio.

Ac oeddech chi'n gwybod?
Mae'n bwysig i siarcod
Ddal ati i fwyta a nofio.

Neu byddant mewn trwbwl, mewn helynt go arw,
Yn suddo i waelod y môr . . .
. . . ac yn marw.

Rhaid symud yn sydyn
I helpu'r pysgodyn,
Ac mae arno angen help go arbennig.

Ond help gan bwy?
Wel, pwy arall ond Curig?

Dwy asgell sydd gan bob morlo drwy'r byd –
Does ganddyn nhw ddim dwylo.

Ond mae angen dwylo
I helpu'r siarc heulo,
Felly brysia, Curig! Brysia yn awr
I achub bywyd y pysgodyn mawr.

Bys a bawd
I ddatod cwlwm;
Bawd a bys
A brys a bwrlwm!

Ac yna – o'r diwedd – roedd y siarc yn rhydd!
Diolch i Curig am achub y dydd!

'O! diolch!' meddai'r siarc, a'i geg o yn fawr
Fel ogof, yn llydan agored;
'Pan deimlais y rhwyd yna'n cau am fy mhen,
Meddyliais yn sicr fod popeth ar ben,
Diolch byth dy fod ti 'di fy nghlywed!'

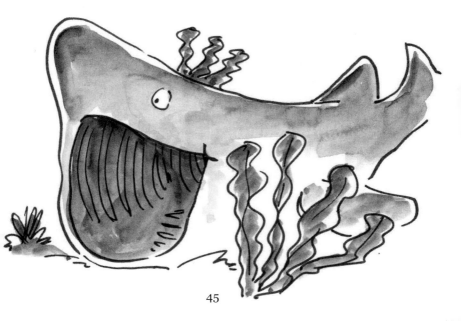

45

Daeth yn amser i Curig fynd yn awr
Yn ôl i'r traeth a'r tir;
Mae hud y morlo'n dod i ben –
Nid yw yn para'n hir.

Safodd ar graig ynghanol y môr
Gan godi ei law – 'Ffarwél!
Efallai, rywbryd eto, forloi bach
Y caf ddod yn ôl am sbel.'

Roedd pennau'r morloi yn y môr
Fel creigiau bychain, duon;
A daeth y siarc i ddweud 'Hwyl fawr!'
Tu ôl i'r pennau crynion.

'Cofia fynd a dweud wrth bawb,
Dy deulu a dy ffrindiau,
Am fynd â'u sbwriel efo nhw
Ar ôl ymweld â'r glannau.'

Ac meddai Curig, 'Dwi'n siŵr o wneud!
Peidiwch â phoeni, dwi'n siŵr o ddweud!'

Wyt TI'n barod i wrando?
A mynd â'th sbwriel i ffwrdd efo ti
Ar ôl treulio diwrnod wrth lannau'r lli?

Wyt ti?